LE BRAS NOIR

PANTOMIME EN VERS

PAR

FERNAND DESNOYERS

Prix : 1 franc.

PARIS

A LA LIBRAIRIE THÉATRALE, BOULEVARD SAINT-MARTIN, 12
Éditeur de la Société des Gens de Lettres

1856

LE BRAS NOIR

PANTOMIME EN VERS

LE BRAS NOIR

PANTOMIME EN VERS

PAR

FERNAND DESNOYERS

Représentée pour la première fois, à Paris, sur le Théâtre des
Folies-Nouvelles, le 8 février 1856.

DESSIN D'APRÈS COURBET.

PARIS

A LA LIBRAIRIE THÉATRALE

BOULEVARD SAINT-MARTIN, 12

1856

Personnages.

CASSANDRE . . . .   MM. MICHELIN.
PIERROT, fils de Cassandre. . . . .   PAUL LEGRAND
SCAPIN, nègre. . . . .   LAURENT.
POLICHINELLE.   CHARLTONN.
LE DOCTEUR HÉMORUS ROÏDAMOS. . .   ÉMILE.
LÉANDRE. . . . .   CLOSS.
ARLEQUIN. . . . .   COSSARD.
LE GEOLIER.   HIPPOLYTE.
NINI. . . . .   Mmes JULIENNE.
CHIMÈNE, fille de Polichinelle. . . . .   LEBERT.

INVITÉS, DOMESTIQUES.

DÉCEPTION DE SCAPIN

LE BRAS NOIR

PREMIER TABLEAU.

Une place publique.

SCÈNE PREMIÈRE.

CASSANDRE.

Qu'a donc le vieux Cassandre?... Est-ce qu'il a perdu
De l'argent à la Bourse? Un chien l'a-t-il mordu?
Son tigre de Nubie a-t-il cessé de vivre?
Non. — Qu'a-t-il donc, alors, le vieux, — s'il n'est pas ivre?
Il erre, poursuivant d'un regard obstiné
Quelque pensée étrange à cheval sur son né.
— Nous allons tout savoir en retroussant la jupe
De sa pensée : — Un mal de dents le préoccupe.

Et que l'Étonnement l'entoure de gros yeux :
Ce mal de dents n'est pas dans la bouche du vieux!
Il n'a de mal qu'aux dents de son fils, — jeune drôle
Dont les vingt ans déjà lui pèsent sur l'épaule.
Que faire? — Eau de Botot, Créosote-Billard,
Paraguay-Roux, alcool?... — Le vieux marche au hasard
Parmi les élixirs — qui le font dans chaque arbre
Du chemin s'incruster, ainsi que dans du marbre.

SCÈNE II.

CASSANDRE, PIERROT, le visage entouré d'un foulard ; puis POLI-
CHINELLE et CHIMÈNE.

Pierrot arrive. — Il geint et pousse des hélas
A décorner les bœufs, sans en paraître las.
Il a l'amour aux dents ; il marche comme Arbate.
Cassandre essaye en vain de chatouiller sa rate ;
Il lui fait la risette, il lui tire le né...
Pierrot secoue, en pleurs, son masque enfariné ;
Ainsi qu'un chien qui sort du bain, il éclabousse
De larmes son papa, se couche à terre et glousse...

Le vieux Cassandre, ému, comprend que son enfant
A, comme un goître au cœur, un amour d'éléphant !
Il faut, comme une dent, extirper cette entrave,
Dans cette âme fendue entrer comme un zouave !
Aussitôt il lui fait le portrait, rose et blanc,
D'une dot accomplie à marier. — Ce plan
Est bientôt piétiné par Pierrot, qui propose
A son père, une bru deux fois plus blanche et rose.

Mais Pierrot jase encore, et Cassandre a plongé
Dans la maison voisine, où sans doute est logé
Le bon parti susdit, qu'en effet il ramène
Avec *Pulcinella*, le père de Chimène !
Cette Chimène étant la plus belle des dots,
On croit devoir lui mettre un bâton dans le dos :
Elle est plus roide qu'un piquet, et l'on devine
Qu'il faut les grands moyens pour assouplir l'échine.

A cet aspect les dents refont mal à Pierrot,
Il faut, pour lui parler, que Cassandre aille au trot ;
— Polichinelle, assez fâché, comme on peut croire,
Rentre, — n'admettant pas ce motif de mâchoire.
Il remmène sa fille, et Cassandre est vexé ; .
Mais le mal de Pierrot, avec eux, a passé :
Il couvre l'horizon, comme une immense toile,
Du portrait de Nini, — plus belle qu'une étoile !

Alors il fait pleuvoir sur l'auteur de ses jours
Les roses, les saphirs, les ors de ses amours !
Il n'a plus mal aux dents ! il saute, il fait la roue,
Fait flotter le mouchoir appliqué sur sa joue ;
Et Cassandre, aveuglé par l'éclat merveilleux
Des pétards que son fils lui jette dans les yeux,
Demande à voir. — Pierrot, illuminé, l'embrasse
Sur... *le dos*, qu'en sa joie il a pris pour la face !

(Pierrot sort en bondissant)

SCÈNE III.

CASSANDRE.

Cassandre, resté seul, reprend l'air réfléchi.
Il se trouve léger, il a trop tôt fléchi ;
Bref, la dot, de nouveau, l'emporte sur la belle !...
— Comment faire ? — Le vin éclaire la cervelle :
Le bonhomme se verse un verre de vieux vin,
Le boit, — sourit, — comprend et reboit, non en vain,
Car, lorsqu'il a bien bu, le vin vieux le dégrise :
Il comprend qu'il a fait une grosse bêtise.

SCÈNE IV.

CASSANDRE, PIERROT, NINI, SCAPIN, nègre.

Pierrot revient tenant par la main sa Nini.
Rien qu'en l'apercevant, on dit : Tout est fini.
Avant le mariage, elle a trop fait *la noce*;
Elle semble éreintée : un cheval, devient rosse.
Son frère est derrière elle; il la pince souvent.
Cassandre en a le doute; il hume comme un vent
Que ce moricaud n'est qu'un faux frère, et décide
Que s'il est bien son frère, il est un fratricide!

Pierrot, radieux, fait la présentation.
Scapin a dans le bras une contorsion
Qui, jointe aux coups de feu que son regard décoche,
Fait tenir au papa les deux mains sur sa poche.
Le nègre s'émancipe, il est très-familier.
Cassandre de ses bras ne peut se délier,
Et, le drôle, admirant son ventre qui l'étonne,
Tape auprès du gousset pour s'assurer qu'il sonne.

Il découvre et saisit la bouteille de vin
Que, sous ses pans d'habit, Cassandre cache en vain.
Ah! ah! petit filou, fait Scapin, donnez vite
A boire à votre ami que la bouteille invite.
Le vieux, dans le gosier lui plonge le goulot.
Scapin, suffoqué, tousse et bondit comme un flot!
Cassandre avait tari la mamelle. — Revanche !
Scapin lui prend sa bourse, et gagne ainsi la manche.

Pierrot est langoureux. — D'un mouvement hautain
Cassandre le méprise, et l'appelle : crétin!
— Scapin lance à Pierrot la bouteille, et l'envoie,
Avec l'argent du vieux, acheter de la joie.
— Tout claquant de baisers à Nini, Pierrot sort.
Le nègre, en ce moment, pince sa sœur si fort,
Qu'en faisant un salut à son futur beau-père,
Elle jette à Pierrot son pied dans le derrière.

SCÈNE V.

CASSANDRE, NINI, SCAPIN.

Nini, se blottissant dans un air effaré,
Cherche à tenter le vieux, qui n'est pas assuré
Par *le Phénix :* — Le feu bouge encor dans la cendre.
Qu'en résulterait-il? — Scapin sauve Cassandre
En le magnétisant par derrière. — C'est fort!
Cassandre *étend les bras, ferme l'œil et s'endort.*
Nini court lui chercher, à propos, une chaise.
Le vieux Cassandre assis n'est plus qu'un ventre obèse.

Lorsque Scapin entend son *Alexis* ronfler,
Il le fait se lever, courir, cracher, parler;
Il lui fait avouer une obèse fortune
Cachée à tous les yeux, hors à ceux de la lune.
Il lui prend sa clé, court au bon endroit, ressort
En portant un gros sac comme un enfant qui dort;
Et, suivi de sa sœur, ouvre déjà les ailes,
Lorsqu'il est figé net par deux noires prunelles!

SCÈNE VI.

CASSANDRE, ronflant, NINI, SCAPIN, PIERROT.

C'est Pierrot ! — A comprendre il met le temps de voir.
Il va s'évanouir, peut-être : il devient noir !
Scapin rugit. — Combat — où chacun d'eux s'arrache
Un bras, pour remplacer la massue et la hache.
Mais le bras de Pierrot est brisé sur son front !
Lui-même, avec le bras du noir Scapin, lui rompt
L'échine et l'étend mort.— Puis le vainqueur promène,
Ainsi qu'après un char, Scapin, dépouille humaine !

Nini, sur les genoux de Cassandre ronflant,
S'était évanouie. Il entre dans son plan
De se ranimer, pour faire, après la victoire,
Briller son innocence à côté de la gloire.
Pierrot doute. — Nini le fait mettre à genoux.
Elle veut bien encor l'accepter pour époux ;
Mais que faire à présent de Scapin calme et grave ?
Pierrot, sans hésiter, le jette dans la cave.

Cassandre éternue et, sans cesser de ronfler,
Prend du tabac. Nini voudrait bien s'en aller.
Pierrot n'a pas le cœur de n'y point condescendre,
Après avoir roulé, dans la maison, Cassandre.
Nini, pour éviter désormais tout mic-mac,
Dit : Fuyons tous trois ! Trois, en comprenant le sac.
—Pierrot se scandalise. — Alors Nini lui prouve
Qu'il est plus innocent qu'un Pierrot que l'on couve.

Mais Pierrot n'a qu'un bras, ce qui le rend pensif.
Il pleure l'autre bras naguère encor si vif.
La nature lui semble infirme et désolée;
Les arbres sont manchots; l'herbe est de pleurs mouillée.
Son bras gît en morceaux, d'un air intéressant,
Près du bras noir intact et toujours menaçant
Que Pierrot va jeter au diable, quand sa rage
Observe avec raison qu'on peut en faire usage.

SCÈNE VII.

PIERROT, NINI, LE DOCTEUR HÉMORUS ROIDAMOS.

Le docteur Hémorus Roïdamos survient.
Il aperçoit le bras qu'à sa main Pierrot tient,
Le lui prend, le secoue, écoute, l'examine,
Flaire, tâte le pouls, trouve au bras bonne mine
Et demande à Pierrot si ce bras est à lui.
Par un signe connu Pierrot lui répond : oui.
Après quoi le docteur s'informe s'il désire
Qu'on recolle ce bras.—Même au prix d'un empire !

Répond l'œil de Pierrot.—Le médecin alors
Crache sur l'humérus et le rattache au corps.
Pierrot, ivre de joie et n'y pouvant pas croire,
Baise du bras nouveau la main rugueuse et noire,
Puis assène un grand coup de poing au médecin,
Afin de s'assurer que ce bras est bien sain.
Les docteurs ont souvent reçu cette monnaie.
Pour celui-ci, ce n'est qu'avec l'or qu'on le paye.

Pierrot ne trouve rien à redire au docteur,
Mais son bras, ou celui de Scapin le voleur,
(O miracle!) a plongé dextrement dans la robe
Du docteur et le paye avec l'or qu'il dérobe;
Tandis que l'autre bras, dans le même moment,
Donne des signes sûrs d'un vif étonnement!
Le docteur satisfait salue et se retire.
Pierrot n'est pas certain d'avoir sujet de rire.

Il rit et voit son bras de Scapin enlacer
Nini, puis lui pincer la jambe et repousser
Son bras, à lui! — Pierrot, en colère, l'arrête;
Mais ce bras musculeux se lève et le soufflète!
Pierrot frotte sa joue. — A ses yeux révoltés,
Le bras impudent prend d'intimes privautés
Qui semblent révéler unevieille coutume....
Le regard de Pierrot se remplit d'amertume.

Ce qui jette encor plus le trouble en ses esprits,
C'est que son bras, le blanc, comme un bras bien appris,
Ne fait d'attouchements, n'aime qu'avec décence;
Tandis que le bras noir obtient la préférence,
Quoiqu'il soit d'un cynisme élégant mais vexant.
Ce faux bras, que Pierrot fait vivre de son sang,
Va, flânant sur Nini comme en un paysage;
Puis prend le sac!... — Pierrot se cache le visage!...

(Nini s'en va. Pierrot la suit.)

FIN DU PREMIER TABLEAU.

MADAME PIERROT

DEUXIÈME TABLEAU.

Une chambre. Au fond, un portrait de Pierrot.

SCÈNE PREMIÈRE.

NINI, ARLEQUIN.

Le portrait de Pierrot suit de l'œil Arlequin,
Qui danse avec Nini. Quand le couple taquin,
Tournant devant son nez, file comme une étoile,
On s'attend à le voir s'élancer hors de toile.
— S'embrassant en valsant, ces danseurs enragés,
Au portrait de Pierrot font des gestes légers.
— On frappe. — Effarouché, battant partout la cage,
Arlequin, dans un coin, se cache avec courage.

SCÈNE II.

NINI, LÉANDRE.

Ce n'était pas Pierrot! Nini le savait bien.
C'est le charmant Léandre, un aimable vaurien
Ayant de grands succès en amour; — quoique fade
Les femmes aiment tant la soie et la pommade!

Il semble chez Nini passer ou faire un tour ;
Il a l'air, non d'aimer, — d'accorder son amour.
— On frappe. — Tous les coins sont pris ! plus de cachette
Léandre dans quelqu'un déjà caché se jette !

SCÈNE III.

NINI, PIERROT.

Cette fois, c'est Pierrot ! — Il porte à son bras noir
Des objets dérobés, sans s'en apercevoir.
Et d'ailleurs vainement Pierrot se les arrache,
Ces objets, le bras noir les reprend et les cache,
Ou sur Nini les vols coquets vont s'étaler......
Avec beaucoup de grâce et de laisser-aller.
Puis la douce Nini veut que Pierrot s'en aille.
La voilà qui l'évince avec amour. — Canaille !

Pierrot va s'éloigner quand le chapeau soyeux
De Léandre l'arrête à propos par les yeux !
Nini pare la botte en lui faisant accroire
Qu'il avait en entrant ce feutre à sa main noire :
Pierrot reçoit le coup. — Le bras noir doute encor
Cependant. — Nini pleure et le bras noir (horror !)
Se lève sur Nini ; mais le bras blanc l'arrête.
Pierrot geint. — La drôlesse en sortant le souflète !

SCÈNE IV.

PIERROT, puis ARLEQUIN, puis LEANDRE.

Pierrot reproche au bras noir sa brutalité :
Battre une femme, ah! fi! c'est une lâcheté!
Tout à coup Pierrot fait un grand bond en arrière!
Est-ce qu'il a marché sur une poudrière?
Non! — Il trouve un manteau faisant des plis d'amant.
La batte d'Arlequin étrille son tourment;
Puis voilà que le mur crache, éternue et tousse!
La rage de Pierrot entre ses lèvres mousse.

Pierrot fouille partout. — Arlequin lui bondit
Sur la tête et s'échappe, à son nez interdit!
Pierrot exaspéré recommence la chasse.
Le gibier, dans les pieds, lui part et le harasse.
Partout des gens cachés qui s'envolent! — Enfin
Léandre est pris! — Pierrot le contemple avec faim.
— Léandre offre à Pierrot deux lames aiguisées...
Pierrot va se venger! Les lames sont croisées!...

Mais le bras noir, très-peu délicat sur l'honneur,
Ote l'arme à Pierrot, la brise et le sans cœur
Fait un humble salut à l'offenseur Léandre
Et lui tend une main que l'amant daigne prendre.
Pierrot est indigné; — mais Léandre est parti!...
Comme il n'en a pas deux, Pierrot prend un parti :
Nini payera pour tous! — Non, c'est Pierrot qui paye!
Nini s'est envolée ainsi que la monnaie!

Pierrot prend tous les airs et les poses peignant
Une sombre douleur, un désespoir poignant.
— Après s'être battu, cogné, roulé par terre
Pour apaiser sa peine ou la faire se taire,
— Il pleure. — Nappe d'eau. — Le membre noir alors
Parcourt comme un clavier, de la main, tout son corps,
Tirant de l'instrument de grands éclats de rire.
— Pierrot se tord de joie en souffrant le martyre !

FIN DU DEUXIÈME TABLEAU.

MALICE DE POLICHINELLE.

TROISIÈME TABLEAU.

Un salon.

SCÈNE PREMIÈRE.

CASSANDRE.

Cassandre, grimaçant, l'œil hagard et mouillé,
Passe sa vie à boire et n'est pas consolé...
Il s'assied, se relève, il court à la fenêtre,
Revient, fouille sa caisse où son sac devrait être,
Et tout son désespoir regarde par son œil.
Le moindre bruit le fait bondir sur son fauteuil.
Il se rue à la porte, ouvre, — et le vent seul entre!...
Alors il se rassied tristement sur son centre.

SCÈNE II.

CASSANDRE, PIERROT.

Pierrot, habits frangés et traits d'une longueur
Qui lui donnent de loin l'air d'un saule pleureur,
Vient toucher doucement l'épaule de son père.
Le vieux Cassandre, ayant cette vision chère,
N'y croit pas!... Mais l'enfant s'étant enfin prouvé,
Il fait rentrer l'ingrat dans son cœur éprouvé.
Pierrot s'émeut ; — pourtant quand son père le presse
Sur son sein, il lui *fait* sa montre avec adresse.

Cassandre, désirant célébrer ce beau jour,
Fait promener la mort parmi sa basse-cour.
Aux gens de sa maison il commande une fête ;
Mais le sac se remet à sonner dans sa tête ;
Qu'est devenu le sac?... Monsieur Malbrough est mort !
Répond Pierrot, le sac a partagé ce sort !
Pierrot montre en pleurant le cadavre de toile...
Hélas ! un sac sans or, c'est un ciel sans étoile !...

Pierrot lui confe alors tous ses maux, pleur à pleur,
Nini partie, ayant pour cheval le bonheur !
Cassandre est attendri ; mais en vain il se fouille
Pour trouver son mouchoir — que l'œil de son fils mouille
Le bon vieillard suspend ses larmes pour savoir
Si c'est le diable qui lui cache son mouchoir.
C'est alors que Pierrot se mouchant, il remarque
Le mouchoir, l'examine et reconnaît la marque.

Il reprend son mouchoir et cherche à consoler
Pierrot que sa Nini fait encore beugler.
Cette grande catin n'a fait que la culbute
Tous les jours à son nez et l'a, comme une brute,
Battu, dévalisé, bafoué. — Tout cela
Ne suffit pas encore à cet idiot-là.
Cassandre touche un mot de la dot qu'il complote
De lui faire épouser : Pierrot rit et sanglote.

Cassandre fait venir des vêtements nouveaux,
Afin que son Dauphin soit beau parmi les beaux ;
Mais le trouvant inerte, il l'habille lui-même.
Le nonchaloir du fils fait un sourire blême.

— Cassandre court chercher Polichinelle, ah ! ah !
Et sa fille, tous deux invités au gala.
On mangera du veau ! la fête sera folle !
— Pierrot, apercevant le mouchoir, le revole.

SCÈNE III.

PIERROT.

Pierrot scandalisé, bouche ouverte, œil béant,
Pour lui-même se fuir marche à pas de géant.
Il adresse au bras noir le plus grave reproche ;
Mais ce bras a le cœur fait en pierres de roche.
Il répond à Pierrot, qui l'a bien sermonné,
Par des gestes moqueurs et par des pieds de né,
Qu'avec des doigts d'ébène il fait sur son nez blème.
Enfin Pierrot arrive à se voler lui-même !

Pierrot se tord le bras de l'infâme Scapin ;
Il le tire et le fait craquer comme un lapin.
Il voudrait arracher, briser ce bras funeste,
Mais ce bras n'est pas moins musculeux qu'il n'est leste !
Pierrot avec ce bras est forcé d'engager
Un pugilat en règle et non pas sans danger.
En effet, il reçoit au milieu de la face
Un coup de poing savant qui l'étend sur la place.

SCÈNE IV.

PIERROT, CASSANDRE, POLICHINELLE, CHIMÈNE,
PLUSIEURS CONVIVES.

Entrent Polichinelle et sa fille, suivis
De quelques invités qui paraissent ravis.
Cassandre développe une grâce infinie
A recevoir chez lui l'illustre compagnie.
Pierrot, les yeux pochés, d'un air désespéré,
Commence à dépouiller le monde à peine entré.
Le bras noir prend la bourse aux hommes et la taille
Aux femmes, s'adressant même à la valetaille.

La soupe est sur la table. — On se met à manger.
Polichinelle a soif et boit sans ménager.
Le vin, par tous les yeux, gosiers et nez éclate!
Bientôt on voit partout danser de l'écarlate.
Polichinelle, comme un vieux coq enrhumé,
Entonne une chanson dont on paraît charmé.
Pierrot, en se montrant charmant avec la fille,
Vole tout ce qu'elle a de faux ou vrai qui brille.

Polichinelle autour de lui sème l'entrain ;
Tout le monde en dansant en rond chante au refrain,
Et comme des volants vont les éclats de rire.
Cassandre, jubilant, dans sa gaieté se mire,
Au dessert, des danseurs emplissent tous les yeux
De bonds aériens, de festons gracieux.
En cachette, le bras force Pierrot de boire;
Ce bras de nègre au moins n'aime pas l'humeur noire !

Pierrot va se noyer. Le maudit bras alors
Le gave de gâteaux : on voit enfler le corps.
— Pierrot, indigné, voit le bras faire à Chimène
Des attouchements dont elle paraît en peine.
— Voilà que tout à coup chacun a constaté
Qu'on n'a plus un mouchoir dans la société !
Les montres et bijoux ont pris la même route ;
Chacun sur son voisin darde par l'œil un doute.

Du soupçon au soufflet la distance est : la main,
Tout le monde a bientôt passé par ce chemin.
On se boxe, on se rosse, on se roule, on s'entasse.
Les soufflets font un bruit d'assiettes que l'on casse.
— Polichinelle, enfin, plus expérimenté,
Demande à voir les mains de chacun. — C'est voté !
— Pierrot, quand vient son tour, avec beaucoup de grâce,
Ne montre qu'une main qui passe et qui repasse.

Mais le bras blanc saisit le bras voleur au cou,
Et montre la main noire encor pleine. — O filou !
Sur Pierrot on se rue, et ce que de ses poches
On ôte de foulards, de montres, de brioches,
De couverts, de gâteaux, de bourses pleines d'or,
Est impossible à dire, et n'est pas tout encor !
Cassandre fuit ! — Pierrot, on l'entraîne, on le foule ;
On montre un bout de corde avec un nœud qui coule !

APPARITION

QUATRIÈME TABLEAU.

La campagne. Une prison sur le premier plan.

SCÈNE PREMIÈRE.

LEANDRE, ARLEQUIN et NINI sont assis sur un banc, au bas de la prison. PIERROT, vu à travers les barreaux.

— Pierrot seul, tristement assis dans la prison,
Aspire à se donner un immense horizon.
Il essaye à travers les barreaux de sa cage
D'embrasser le bon air qui lui souffle au visage.
Tout à coup il entend des baisers gazouiller;
Il se fige, de peur de les faire envoler ;
Mais où sont les oiseaux ? — Pierrot écoute encore :
Il entend, cette fois, chanter un sac sonore.

Alors il aperçoit, au bas de son donjon,
Nini, le beau Léandre et cet autre pigeon,
Arlequin, roucoulant tous trois avec des poses.....
Qu'ils aillent déposer sur d'autres murs ces choses !
Pierrot mord les barreaux ; mais Latude sans rien
Se faisait des outils : Pierrot a ce moyen.
De l'un de ses boutons de filasse il se tire
Une corde à nouer la taille d'un empire.

Il fabrique un marteau, je ne sais pas comment,
Fait un grand trou, se met dedans résolûment,
Et la corde passée autour du torse, glisse....
Mais survient le geôlier qui comprend la malice ;
Il ne voit qu'une tête et qu'un bras dans un trou,
Puis le bras seul, — qu'il prend et tire comme un fou.
La tête reparaît. — Tout à coup Pierrot lâche
Son bras ; — le geôlier tombe avec le bras du lâche !

Pierrot pleut au milieu des amoureux. — Tableau !
Ils ont cru que le ciel tombait comme de l'eau,
Et doivent être loin, si leur bond dure encore !
Nini laisse en fuyant tomber le sac sonore.
Pierrot s'en ressaisit, et bénissant les dieux
D'être libre et privé de son bras odieux,
Se voit déjà loin, quand un bras noir en démence,
Énorme, tort, terrible, ainsi qu'une vengeance,

Surgit, couvant sa proie, au milieu du chemin !
Pierrot n'a plus de pieds en voyant cette main.
L'effroi le moule en plâtre ! il suffoque, il avale
La terreur de travers ; sa prunelle s'exhale ;
Il s'éteint ; il n'a plus la force de songer....
Le bras noir est béant, comme pour le manger !
Il garde ainsi Pierrot, terrible sentinelle !
— Arrive le geôlier avec Polichinelle.

SCÈNE II.

PIERROT, POLICHINELLE, LE GEOLIER.

Ils vont pour se jeter sur Pierrot ; celui-ci,
Courant au devant d'eux, semble dire : Merci !

C'est alors que l'on voit du grand Polichinelle,
Ainsi que du geôlier, tournoyer la prunelle.
Ils ont devant les yeux le parfait prisonnier ;
Mais l'effroi de Pierrot leur semble singulier :
Ils regardent, ainsi qu'une poule inquiète,
L'endroit que Pierrot montre en détournant la tête.

Il paraît que le bras énorme et vigoureux
Que Pierrot voit trop n'est pas visible pour eux.
Polichinelle veut que le geôlier approche.
Le geôlier se mettrait volontiers dans sa poche.
Polichinelle alors se moque du geôlier ;
Mais l'effroi de Pierrot lui semble singulier.
Enfin il risque un pas vers le bras invisible
Qui tout à coup lui flanque une giffle terrible.

SCÈNE III.

TOUS LES PERSONNAGES, HORS SCAPIN.

En cet instant Cassandre, agitant un papier,
Accourt ; il est suivi du personnel entier.
— Polichinelle prend ce papier. — C'est la grâce
De Pierrot ! A quoi bon ? Par où veut-on qu'il passe,
Si ce maudit bras noir ne veut pas s'en aller ?
— Nini ne trouve plus personne à qui parler,
Depuis qu'elle n'a plus le sac. — Elle s'avance
Vers Pierrot, pour tâcher de rattraper la chance.

Depuis qu'il est manchot, Pierrot est devenu
Honnête ; il répond : zut ! par un geste connu.
Aussitôt le bras noir, avec des airs d'archange,
Sort en chassant Nini ! — Leur double fuite arrange
Le vertueux Pierrot. — Le vice étant battu,
Il se dit : Rien n'est plus malin que la vertu ;
Et, contrit, repentant, rend le sac à son père.
— Mais Pierrot n'a qu'un bras, il lui faudrait la paire.

D'ailleurs, étant manchot, il serait singulier
Qu'on pût à son bonheur se livrer tout entier.
— Le docteur, se jouant des cures étonnantes,
S'entoure avec Pierrot de têtes haletantes.
Pierrot se couche à terre et l'illustre docteur
Lui fait pousser un bras d'une entière blancheur,
Puis se lave les mains ensuite avec sa gloire.
Quand tout le monde a vu, personne ne veut croire.

Pierrot reconnaissant étouffe le docteur.
Pierrot épousera Chimène ! autre bonheur
Qui le fait étouffer le grand Polichinelle.
— Cassandre enchanté danse une polka nouvelle.
Pierrot, loin de voler, offre tout ce qu'il a ;
Il se mettrait à nu ; l'on y met le holà !
— Réjouissances, jeux, danses, feux d'artifice !
Que le buste de feu Bouilly se réjouisse !

FIN.

Paris. — Typ. Morris et comp., rue Amelot, 64.

A LA MÊME LIBRAIRIE

FORMAT GRAND IN-18 ANGLAIS

Paris.— Typ. Morris et Comp., rue Amelot, 64.